NOUVEAU
TRAITÉ DU DÉLIRE

ET DE SES VARIÉTÉS

OU

THÉATRE DES FOLIES HUMAINES

PAR JOSEPH TISSOT

Ancien fondateur et directeur d'hospices d'aliénés, auteur de
la Folie et du Délire.

Cet ouvrage s'adresse à tous les amis de l'humanité.

SE VEND A PARIS

AU PROFIT ET POUR LA DÉFENSE DES PAUVRES ALIÉNÉS.

1856

Paris. — Imprimerie de Dubuisson et Cᵉ, rue Coq-Héron, 5.

NOUVEAU TRAITÉ
DU DÉLIRE ET DE SES VARIÉTÉS.

Quelques mots préliminaires sur les sciences surnaturelles et les phénomènes surnaturels.

S'il est vrai que les sciences naturelles ont fait, dans ces derniers temps, d'admirables progrès, il est vrai aussi que les sciences surnaturelles, bien plus utiles pour le bonheur du genre humain, ont reculé au lieu d'avancer. Les recrudescences du scepticisme et de l'athéisme, ni du fanatisme du moyen âge ne sont pas des progrès : c'est toujours l'idolâtrie. Le véritable progrès, c'est encore l'Évangile, *la bonne nouvelle*.

Le petit livre que je publie aujourd'hui est le fruit de quarante ans d'étude, d'observations et d'expériences auprès des pauvres et trop malheureux aliénés, et je ne crains pas de dire qu'il renferme le plus grand progrès qui se soit jamais présenté dans les sciences surnaturelles et dans la médecine sous le rapport de l'humanité. La gloire en est à Dieu, qui est le père et la source des véritables lumières !

L'existence des anges de ténèbres répandus dans l'air et leur action sur l'homme, les animaux, les végétaux et tous les corps de la nature, ne saurait être révoqué en doute. Les philosophes les plus éminents de l'antiquité : Socrate, Platon, Aristote, Xénophon, ont connu ces vérités, et leur opinion là-dessus est corroborée par l'assentiment général et unanime de tous les peuples de l'univers, anciens et modernes.

Sans doute, à en juger par les effets qui se présentent à nos sens, le pouvoir, l'intelligence, la science, l'adresse et la malice des mauvais anges répandus dans l'air, sont énormes et incompréhensibles.

Et ainsi, ce n'est pas à tort qu'on leur attribue, — et l'histoire de Job en est une preuve, — des prodiges et des miracles *étonnants et effrayants*, comme les tremblements de terre, les trombes, les ouragans, les comètes, les apparitions aëriennes, diurnes et nocturnes, etc., etc.; des prodiges et des miracles *malfaisants*, comme la stérilité de la terre, les famines, les guerres, les pestes, les épidémies qui affectent les hommes, les animaux et les végétaux, etc., etc.; des prodiges et des miracles *bienfaisants* mais fallacieux, et pour mieux tromper, comme la divination, les oracles, les guérisons fausses ou fallacieuses des maladies, etc., etc.; des prestiges, des prodiges et des miracles *amusants et divertissants* comme le miracle de saint Janvier à Naples, ceux des magnétiseurs, des prestidigitateurs, des ventriloques, des tourneurs de tables mouvantes et parlantes, etc., etc.; et tous ces miracles, ces prodiges et ces prestiges ayant pour objet de maintenir et propager toutes les idolâtries et les superstitions, de susciter des haines et des guerres fanatiques parmi les hommes et d'immoler et faire immoler des victimes humaines sous toutes les formes et par toutes sortes de moyens.

Nous lisons, d'ailleurs, dans l'Évangile et les Actes des Apôtres, que les démons répandus dans l'air produisaient des maladies considérées comme incurables par les remèdes naturels qui affectaient le physique ou le moral et quelquefois l'un et l'autre en même temps. Ainsi, la femme qui était affectée d'une hémorrhagie utérine, la femme que le démon tenait courbée par un rhumatisme à la colonne vértébrale, le paralytique dont il affectait les nerfs, la belle-mère de saint Pierre, à laquelle il donnait la fièvre, la fille possédée de Philippes dont l'apôtre saint Paul chassa le démon, qui, comme maintenant dans les somnambules magnétiques, devinait lucrativement les choses cachées, et tous les genres d'obsession et de possession au moral et au physique, épileptiques, cataleptiques, extatiques, somnambules, maniaques, hypocondriaques, hystériques, névralgiques, etc., etc.; ce qui faisait dire au divin Jésus : « Venez à moi, vous tous qui êtes chargés et travaillés (*par les démons*) et je vous soulagerai. » et aux apôtres : « Que Jésus guérissait tous ceux qui étaient vexés et opprimés par le Malin Esprit, *oppressos à Diabolo*. (Act. des Apôtres, Ch. X.)

Dire qu'après la mort du Christ sur la croix, le pouvoir des démons répandus dans l'air a cessé, ce serait une absurdité démentie par l'observation et l'expérience journalière, et même par les paroles du divin Jésus qui, en montant au Ciel, après sa résurrection, donna à ses apôtres et à ses disciples la mission de *guérir les malades et de délivrer les possédés;* et nous savons que les apôtres, les disciples et les véritables chrétiens des deux premiers siècles usèrent avec efficacité du pouvoir que le Christ, en montant au ciel, leur avait donné.

Au surplus, la raison, l'observation et l'expérience nous font bien connaître que les Esprits de malice répandus dans l'air opèrent continuellement et sont toujours les ennemis acharnés du genre humain : qu'ils produisent un grand nombre de maladies, qu'ils affectent et oppriment un grand nombre d'individus, hommes, femmes et enfants, et qu'ils anéantiraient en un instant toute l'espèce humaine, si Dieu, qui est tout puissant, ne mettait des bornes à leur pouvoir et à leur malice.

Et en effet, leur force, leur science, leur expérience, leur mémoire, leur intelligence, leur adresse, leur activité, leur vélocité, toutes leurs facultés, en un mot, sont surnaturelles et surhumaines : leur invisibilité, leur imperceptibilité, leur substance toute spirituelle, leur permettent de pénétrer partout sans être aperçus et de remplir les corps les plus durs et les plus opaques, d'y introduire des corps étrangers et d'y opérer des altérations, des changements considérables, et surtout de produire dans l'âme humaine des impressions pernicieuses, de la priver de son libre arbitre et de l'usage de ses organes, de susciter et d'exciter de mauvaises passions, d'halluciner l'imagination et les sens et de se servir des organes des obsédés et des possédés pour tromper tout le monde et commettre mille excès.

Sans doute qu'il est impossible aux hommes, même les plus intelligents et les plus savants, de connaître l'étendue du pouvoir que les Esprits de malice répandus dans l'air exercent sur les hommes, les animaux, les végétaux et tous les corps de la nature, et les moyens qu'ils emploient pour produire tous les phénomènes surnaturels qui nous étonnent, nous épouvantent, nous affligent ou nous amusent ; mais nous en voyons les effets, et c'est déjà beaucoup.

Saint Augustin, qui avait étudié cette matière et avait lui-même été témoin d'un grand nombre de phénomènes surnaturels, de miracles et de prodiges, bien ou mal expliqués par lui, dit : « Il est » impossible de connaître ce que les démons peu- » vent ou ne peuvent pas ; » et il ajoute ensuite : « qu'il ne peut ni voir par ses yeux, ni décider par

» les lumières de la raison, ni comprendre par
» l'expérience, jusqu'où s'étend le pouvoir des dé-
» mons, de faire des miracles, soit que Dieu le
» leur permette ou le leur ordonne. » (*Lib. de
Trin.* c. 9 et 10.)

Toutes ces vérités intéressent essentiellement
l'humanité tout entière, et sous ce rapport l'aveuglement, les illusions, les erreurs des théologiens
idolâtres de toutes les religions et des médecins
matérialistes, sont causes des plus grands mal-
heurs et des plus grandes souffrances qui affligent
le genre humain. Si des hommes cupides, cruels,
barbares, fanatiques et hypocrites, sous prétexte
d'hérésie ou de sortilège, ont fait torturer, brûler,
massacrer des millions d'innocentes victimes et des
populations tout entières, hommes, femmes, vieillards et enfants, par haine, esprit de domination et
de cupidité, ce n'est pas une raison pour nier les
faits surnaturels, les miracles et les prodiges qui
sont réels et que tout le monde voit et entend, ou
d'en donner des explications fausses, mensongères,
fondées sur le matérialisme le plus aveugle et le
plus absurde : seulement il est essentiel de savoir
que ces miracles et ces prodiges sont l'œuvre des
Esprits malins répandus dans l'air, et qu'en faisant
des miracles et des contre-miracles, des prodiges et
des contre-prodiges, pour toutes les religions, toutes
les idolâtries, même pour celles de la matière et du
néant, le but constant de ces malins Esprits est de
semer la zizanie parmi les hommes, d'exciter des
haines, d'exalter le fanatisme et de faire verser le
sang humain ; car c'est une chose inconcevable de
voir des hommes qui passent pour raisonnables et
même pour sages, honorer, adorer des pierres, des
arbres, des oignons, des sepents, des crocodiles et
d'autres animaux morts ou vivants, des dieux et
des déesses couverts de crimes ou remplis de vices,

des statues, des images, des prophètes et des prophétesses, des saints et des saintes de toutes les idolâtries, et jusqu'à la matière et le néant et le Diable même dans certains pays, comme l'attestent les voyageurs ; et se haïr, se persécuter, se proscrire, se voler, s'assassiner, se brûler, se massacrer, s'égorger entr'eux, sans honte, sans pitié et sans remords, parce qu'ils ne pratiquent pas le même culte et la même idolâtrie, oubliant ou ignorant ou ne voulant pas savoir que tous les hommes sont frères et enfants du même père qui est dans les cieux, de quelque couleur qu'ils soient, quel que soit le pays qui les a vus naître, les religions qu'ils professent, les cultes qu'ils pratiquent et les opinions qu'ils adoptent ou qu'ils rejettent, ce qui prouve évidemment que l'idolâtrie, sous quelque forme qu'elle se présente, rend tous les hommes fous, méchants et souvent plus féroces que les bêtes les plus sauvages.

Du reste, je suis convaincu, après quarante ans d'études, d'observations et d'expériences auprès des pauvres aliénés, et après avoir vu, observé, examiné tous les genres et toutes les variétés du délire et une infinité de phénomènes surnaturels, de miracles et de prodiges, dans tous les hospices d'aliénés que j'ai fondés et dans tous les pays que j'ai parcourus, je suis convaincu, dis-je, que l'ouvrage que je publie aujourd'hui renferme le plus grand progrès qui ait jamais été fait dans les sciences surnaturelles et dans la médecine ; et je rends grâces à Dieu, qui est la source des véritables lumières, de m'avoir donné la mission de les propager.

DU DÉLIRE ET DE SES VARIÉTÉS.

I. La véritable sagesse consiste dans la pratique pure et sincère des vertus évangéliques, sans mélange d'idolâtrie ni de superstitions. Tout ce qui est contraire aux principes évangéliques et à la raison que Dieu nous a donnée, on peut l'appeler folie. Ainsi, le critérium de la véritable sagesse, c'est l'Evangile, *la bonne nouvelle.*

Il y a deux genres de folies. La folie sans délire et la folie avec délire.

Dans la folie sans délire, celui qui en est atteint conserve son libre arbitre. Dans la folie avec délire, celui qui en est atteint se trouve privé de son libre arbitre totalement ou partiellement : il ignore ce qu'il dit et ce qu'il fait, ou autrement, il dit ce qu'il ne voudrait pas dire et il fait ce qu'il ne voudrait pas faire.

J'ai déjà dit quelque chose du délire dans un autre ouvrage que j'ai publié. (Voyez : *De la folie et du délire.*) Mais, dans l'intérêt de l'humanité souffrante, je devais revenir sur ce sujet; car le nombre des victimes est énorme et les souffrances sont effroyables.

Je traite donc ici plus explicitement du délire et de ses nombreuses variétés.

Si je voulais traiter du délire sans en connaître préalablement la véritable cause, ce serait travailler inutilement et augmenter encore les nuages et les ténèbres qui couvrent déjà ce sujet ; ce serait amonceler et publier encore des erreurs et des divagations pernicieuses ; et c'est précisément ce qu'ont fait, en général, tous les auteurs qui m'ont précédé.

Il en est tout autrement lorsqu'on connaît préalablement la véritable cause du délire : alors, tout s'explique naturellement, clairement et sans peine. La vérité, dans ce cas, dissipe les erreurs, comme la lumière dissipe les ténèbres : aussi ce petit livre renferme-t-il toute une révolution en médecine.

II. D'après son étymologie le mot *délire* signifie *folie, extravagance*. Platon dit que le délire est une inspiration des Dieux. Suivant le témoignage de Xénophon, Socrate regardait la divination par le délire comme un art enseigné par les Dieux. Socrate était, d'ailleurs, lui-même halluciné et extatique. Il allait quelquefois consulter l'oracle de Delphes, et il conseillait à ses amis de suivre, en cela, son exemple. Les Dieux d'alors, c'étaient les démons répandus dans l'air, lesquels produisaient le délire, et rendaient des oracles sous différents noms par l'organe des pythonisses extatiques, épileptiques ou somnambules.

Du reste, ce sont les mêmes Esprits de malice répandus dans l'air, qui parlent maintenant par l'organe des somnambules magnétiques, des extatiques, des épileptiques, des Bouddha vivants, des tables mouvantes et parlantes, etc., etc.

III. Il y a donc délire toutes les fois qu'un Esprit de malice envahit le corps d'un homme, se substitue à son âme et use à sa place des organes de l'homme qu'il obsède ou qu'il possède.

Ainsi, dans le délire, depuis le vertige léger et passager, jusqu'au plus haut degré de l'épilepsie, c'est toujours l'Esprit malin qui opère. Les délires des extatiques, des cataleptiques, des épileptiques, des somnambules, des maniaques, des déments, des idiots,

des crétins, etc., ne sont effectivement que des variétés de l'obsession et de la possession délirantes ;
et comme les Esprits de malice, qui en sont les auteurs, se font un jeu de tromper, d'halluciner les médecins matérialistes, ils changent et varient leurs
opérations et les symptômes de telle manière, que
toute classification juste et permanente des diverses
variétés de la folie et du délire leur devient impossible, et que les médecins classificateurs, ont travaillé,
travaillent et travailleront toujours en vain.

Au surplus, comme il suffit d'avoir des yeux pour
voir, des oreilles pour entendre et un peu de bon
sens pour juger, tous les peuples civilisés et les peuples sauvages, les philosophes et les médecins les plus
éclairés et les plus consciencieux anciens et modernes,
et les théologiens de toutes les religions de l'Univers,
depuis le commencement des siècles jusqu'à présent,
ont reconnu l'existence et la réalité des opérations
des Esprits de malice répandus dans l'air; et il est
bien assuré qu'il n'y a que des hommes aveuglés, trompés, hallucinés par ces malins Esprits, qui puissent
conserver là-dessus le moindre doute.

On peut donc affirmer que le délire, sous toutes
ses formes et dans toutes ses variétés, est constamment, et sans exceptions le résultat de l'obsession, de
la possession et des opérations des Esprits de malice
répandus dans l'air.

Ainsi, quand un de ces Esprits méchants surprend
brusquement, avec violence et une sorte de rage et de
fureur, un homme, une femme ou un enfant, il produit *l'épilepsie* avec d'horribles convulsions, et les
démons qui opèrent ainsi, a dit le divin Jésus, sont
de ceux *qui ne peuvent être chassés par nul autre
moyen que par la prière et par le jeûne.* (Concordes des
quatre Evangélistes. ch. LXVIII.) Quand un Esprit
méchant saisit subitement un homme, une femme ou
un enfant et le retient immobile, sans convulsion, sans

mouvement, comme une statue inanimée, dans la position où il l'a saisi, c'est la *catalepsie*. Quand il s'en empare lentement, doucement, c'est l'*extase*, le *somnambulisme*, etc. Quand un Esprit méchant envahit le physique et le moral et opère dans tous les organes, il produit la *manie* et ses nombreuses variétés, la *mélancolie*, la *démence*, la *fureur*, l'*idiotisme*, le *crétinisme*, etc., etc. Quand il opère particulièrement dans le bas-ventre, il produit l'hystérie, l'hypocondrie, etc. Quand il opère particulièrement dans l'organe de la génération, il produit la *nymphomanie*, le *satyriasis*, le *priapisme*, la *lubricité*, etc. Quand il opère dans les nerfs, les muscles, il produit la *danse de Saint-Guy*, les *convulsions*, les *paralysies*, les *névralgies*, etc., etc.

Ce n'est pas tout, ces Esprits malins ont encore le pouvoir, en opérant sur le moral et sur le physique, de susciter et d'exciter dans les obsédés et les possédés toute sorte de passions; les sympathies et les antipathies les plus bizarres, la haine ou l'amour, la joie ou la tristesse, la tiédeur ou la ferveur, la dévotion sensible et larmoyante, l'indifférence ou l'enthousiasme, le fanatisme le plus ardent, la continence, l'impuissance, la chasteté, ou une extrême lubricité, etc., etc.

IV. Depuis les siècles les plus reculés jusqu'à maintenant, il y a eu et il y aura encore dans toutes les religions, dans toutes les idolâtries, des prêtres, des exorcistes, des prophètes, des saints et des saintes, des magiciens, des devins, des moines et des nonnes auxquels les Esprits malins ont obéi et obéissent encore, pour *produire le délire et le faire cesser à volonté*.

Les rituels de toutes les religions, de tous les cultes, l'histoire de toutes les Églises anciennes et modernes, les relations des voyageurs et les traités de médecine en font foi.

Mais sans ces documents irréfutables quant aux faits, ne voyons-nous pas maintenant parmi nous tous les magnétiseurs, par leur seule volonté, ou y ajoutant quelques *passes* ou d'autres cérémonies magiques, — inutiles d'ailleurs, — faire produire par les Esprits malins, dans des hommes, des femmes et des enfants et même dans des animaux, toutes les espèces de délire, la catalepsie, l'extase, le somnambulisme, l'épilepsie, la paralysie générale ou partielle, etc., etc., et les faire disparaître à volonté?

Ne voyons-nous pas des prêtres, des exorcistes catholiques, arméniens, orthodoxes, mahométans, brahmanistes, bouddhistes et autres, obtenir par leurs évocations et leurs exorcismes les mêmes phénomènes surnaturels?

Ne voyons-nous pas des magiciens, des devins dans l'Orient, dans l'Algérie et autres pays, par leurs évocations, leurs conjurations et leurs cérémonies magiques, obtenir les mêmes résultats?

Ne voyons-nous pas les tourneurs de tables mouvantes et parlantes faire produire dans les corps inertes toute sorte de délire, et une foule de prodiges et de miracles les plus étonnants?

Eh bien! il est certain, il est évident que tous ces délires, tous ces phénomènes surnaturels, tous ces prodiges et tous ces miracles, observés, expérimentés et attestés par des myriades de témoins éclairés et dignes de foi, sont le résultat du pouvoir et des opérations des Esprits malins répandus dans l'air, lesquels ont pour but de maintenir et propager, par ces moyens, toutes les idolâtries et les superstitions, sans excepter l'idolâtrie de la matière et du néant, le scepticisme et l'athéisme.

Mais il est certain aussi que, dans tous ces cas, l'obéissance des malins Esprits est toujours volontaire, simulée et fallacieuse; et que lorsqu'ils font semblant d'obéir par force et contre leur volonté, aux prêtres et aux exorcistes de toutes les religions, et d'avoir peur des talismans, des reliques, des choses bénites, etc., c'est pour mieux tromper ou jouer des comédies; et ils emploient pour cela toute sorte de ruses et de mensonges.

L'obéissance forcée, involontaire de ces malins Esprits, n'a eu lieu qu'à l'égard du Divin Jésus, de ses apôtres, de ses disciples et des véritables chrétiens des deux premiers siècles, comme le témoignent Origène, Tertullien et autres.

Il est constant, d'ailleurs, qu'en produisant tous ces délires, ces prodiges et ces miracles, ces malins Esprits se sont fait passer, tantôt pour des Dieux, tantôt pour des bons Anges, tantôt pour des génies ou esprits familiers, tantôt pour des bons démons, tantôt pour des âmes des saints ou des saintes, tantôt pour des âmes des morts, tantôt pour l'âme de la terre, tantôt pour un fluide magnétique ou un flux nerveux ou pour l'électricité, etc., etc., et que, par leurs mensonges et leurs supercheries, ils ont constamment trompé, halluciné, mystifié les prêtres, les exorcistes de toutes les religions, les magnétiseurs, les magiciens, les tourneurs de tables mouvantes et parlantes, les matérialistes, les athées, les sceptiques et tout le monde, les ignorants comme les savants.

V. Le délire est ordinairement précédé, accompagné et suivi de lésions matérielles du cerveau, de paralysie partielle ou générale, de cécité, de surdité, de mutisme, de tics ou de manies ridicules, nuisibles, quelquefois sales ou obscènes, de maladies diverses, de stigmates miraculeux, de maladies imaginaires, qui présentent quelquefois surnaturellement des symptômes réels, et toute sorte de phénomènes extraordinaires et surnaturels, dont les Esprits malins sont les auteurs et qui opèrent ainsi pour tromper, halluciner les médecins, sur les véritables causes du délire, pour tourmenter les obsédés et les possédés, pour les faire torturer et tuer par les médecins aliénistes et les faire maltraiter par tout le monde.

VI. Le délire est complet lorsque le délirant n'a pas conscience de ses paroles et de ses actes. Dans ce cas, c'est l'Esprit méchant qui le possède complétement, qui parle par son organe et agit par les membres de son corps, comme dans les somnambules, les extatiques, etc., etc.

Le délire est encore complet lorsqu'il se porte sur toute sorte d'objets, et que le délirant ne se trouve plus en rapport avec les personnes et les objets qui l'environnent. Dans ce cas, l'Esprit malin qui produit le délire, joue la comédie et parle et agit par les organes du possédé, pour alarmer et tromper tout le monde. Il arrive alors quelquefois que le délirant, se trouvant comme transporté d'enthousiasme, l'Esprit malin, se servant de son organe, parle avec une éloquence surhumaine, même dans des langues inconnues au délirant, et prononce des paroles et des discours prophétiques qui étonnent tout le monde et dont le délirant n'a pas conscience. Ces phénomènes surnaturels se présentent aussi dans le délire du rêve, et quelquefois dans le délire des mourants.

Le délire est incomplet lorsque le délirant a conscience de ses paroles et de ses actes, lorsque l'Esprit méchant qui produit le délire lui fait dire ce qu'il ne voudrait pas dire et lui fait faire ce qu'il ne voudrait pas faire, comme dans les fanatiques prédicants et prédicantes, dans la danse de Saint-Guy et dans toutes les variétés de l'obsession.

Le délire est partiel lorsqu'il ne se porte que sur certains objets, lorsque le délirant se trouve tout à coup frappé de possession passagère et instantanée, ou halluciné par une idée fixe, qui revient de temps à autre dans son imagination, comme sont les monomanes, les devins, les inspirés, les hallucinés, les malades imaginaires, etc., etc.

Le délire est partiel lorsque l'Esprit malin se sert du bras et de la main d'un obsédé ou possédé pour écrire, comme s'il se sert d'un crayon déposé sur une table mouvante et parlante, et aussi lorsqu'il convulsionne ou paralyse un bras ou une jambe, un doigt ou un orteil, tandis que le reste du corps reste libre.

Le délire est encore partiel lorsque le délirant, pendant l'attaque d'extase, de catalepsie, de somnambulisme, etc., reçoit intérieurement les communications, les révélations que l'Esprit malin fait immédiatement à son âme ou à sa conscience, et conserve le souvenir des révélations, des ravissements que l'Esprit malin lui fait éprouver intérieurement, comme dans les songes, l'extase, ou qui lui viennent du dehors.

Dans les songes, le délire est incomplet et partiel, puisque le songeur a conscience de ce qui se passe dans son imagination et dans ses organes, au lieu que, dans le rêve, le délire est complet, le délirant n'ayant pas conscience des paroles que l'Esprit malin prononce par son organe.

VII. Les théologiens et les exorcistes de toutes les religions ont bien reconnu, — et leurs rituels en font foi, — que, dans le délire complet, c'est le démon qui parle par l'organe des délirants : nombre de médecins éclairés et consciencieux l'ont observé et reconnu aussi ; mais les médecins athées ou matérialistes, se trouvant trompés, hallucinés par les malins Esprits, n'ont pas su faire ce discernement, et sont tombés dans mille erreurs dont les infortunés aliénés sont victimes.

D'ailleurs, ne voyons-nous pas dans l'Évangile que le divin Jésus, lorsque les possédés se trouvaient en sa présence, n'adressait pas la parole au possédé, mais bien à l'Esprit méchant, et que l'Esprit méchant lui répondait par l'organe du possédé ?

VIII. Enfin, le délire incomplet et le délire partiel

sont toujours accompagnés d'inspirations., d'hallucinations surnaturelles, internes et externes, physiques et morales, et de songes prophétiques effrayants ou obscènes dont les Esprits malins sont les auteurs ; tandis que, dans le délire complet, les hallucinations sont fausses et simulées par ces mêmes malins Esprits ; mais il est certain que toutes ces inspirations, ces hallucinations, ces songes, n'ont d'autre but que de tourmenter les délirants et tromper les médecins.

IX. Le délire est spontané ou provoqué : il est spontané lorsque l'Esprit malin l'opère par sa propre volonté : il est provoqué lorsque le délirant le désire, ou y donne son consentement exprès ou tacite, comme font les extatiques, les somnambules magnétiques, les devins, etc., etc. : il est encore provoqué avec le consentement exprès ou tacite des délirants, par la volonté, les évocations, les *passes*, les cérémonies magiques des magnétiseurs et autres. Le délire est encore provoqué par la peur, la crainte d'une attaque prochaine dont l'Esprit malin donne quelquefois le pressentiment.

Le délire, sous toutes les formes et à tous les degrés, peut aussi être provoqué avec le consentement exprès ou tacite des délirants, par la volonté, les évocations, les exorcismes, les cérémonies des prêtres et des moines de toutes les religions et de tous les pays de l'univers. (Voyez les relations des voyageurs).

Il peut aussi être provoqué par les danses sacrées des moines musulmans qu'on appelle *tourneurs*, des religieuses Almées et Bayadères et par tous les fanatiques dansants de tous les pays.

Il peut être aussi provoqué par des boissons alcooliques, et des substances narcotiques de diverses espèces.

Le délire peut encore être provoqué accidentellement par la crainte, la peur, la colère, la joie, l'amour, la tristesse, l'ennui, la surprise, l'agitation, le

2.

mouvement, le tournoiement, le bruit, le jeu, la chasse, les batailles, les combats de guerre, le péril, le danger, la douleur, la danse érotique, le chant, la musique, le chagrin, la honte, la misère, la faim, la soif, l'envie, la jalousie, l'orgueil, la haine, le désir de la vengeance, les remords, les souffrances, les tortures physiques et morales, le désespoir, la perte de la liberté, la détention et surtout la réclusion forcée sans terme et sans limite, comme celle des infortunés aliénés, etc., etc.; car les Esprits de malice répandus dans l'air profitent, pour nuire au genre humain, de toutes les dispositions physiques et morales qu'ils rencontrent ou qu'ils suscitent eux-mêmes.

X. Le délire complet, c'est-à-dire celui des somnambules, des cataleptiques, des extatiques, des épileptiques, etc., etc., est ordinairement accompagné d'anesthésie, d'insensibilité complète à toute espèce de douleurs. On peut piquer ces délirants avec des épingles, on peut amputer leurs bras, leurs jambes et autres parties du corps sans qu'ils éprouvent la moindre douleur. Ce phénomène surnaturel, les Esprits de malice, le produisent aussi parfois dans des obsédés et des possédés dont le délire n'est pas complet, et dans lesquels la douleur, — ce qui est encore plus étonnant, — est transformée quelquefois en plaisir; et, en effet, on a vu ce phénomène se présenter dans les convulsionnaires jansénistes, dans les fanatiques vendéens appelés de la petite Eglise et autres, qui poussent la folie jusqu'à se faire crucifier réellement.

Enfin, je le répète, le délire sous quelque forme qu'il se présente, avec ou sans provocation, avec ou sans lésion matérielle, avec ou sans hallucinations, est toujours un effet de la possession, de l'obsession et des opérations des malins Esprits.

XI. Le délire, comme toutes les maladies et affections diaboliques, est sporadique, endémique, épidémique, contagieux, héréditaire ou congénital.

Il est sporadique lorsque les Esprits malins répandus dans l'air, attaquent dans un pays, et comme en passant, un petit nombre de personnes ; il est endémique, lorsqu'ils attaquent continuellement un certain nombre de personnes dans le même pays ; il est épidémique, lorsqu'ils y attaquent un grand nombre de personnes pendant quelque temps ; il est contagieux, lorsqu'ils y attaquent des personnes qui habitent ensemble ou sont en contact avec les mêmes objets ; il est héréditaire lorsqu'ils attaquent plusieurs personnes descendant du même père ou de la même mère ; il est congénital, lorsqu'ils opèrent dans le ventre de la mère, avant la naissance de l'enfant : bien entendu, comme je l'ai déjà dit, que ces Esprits de malice cachent ordinairement leurs opérations sous l'apparence de causes physiques ou morales, qu'ils suscitent euxmêmes ou qui se rencontrent à leur disposition.

Ainsi, l'on voit des épidémies d'extatiques, de maniaques, d'épileptiques, de somnambules, d'hydrophobes, de suicides, de duellistes, de fanatiques, de saints et de saintes, de prophètes et de prophétesses, de magnétiseurs, de magiciens, d'hydroscopes, de sorciers et de sorcières, de tourneurs de tables parlantes, de ventriloques, etc., etc., dont les Esprits de malice répandus dans l'air sont les auteurs.

XII. Le délire est continu, intermittent, passager, occulte ou manifeste ; il est continu lorsque l'opération de l'Esprit malin qui le produit a une certaine durée ; il est intermittent lorsque cet Esprit malin suspend son opération malfaisante pendant plus ou moins de temps ; il est passager lorsque son action est passagère ou instantanée ; il est occulte lorsqu'il cache son opération ; il est manifeste lorsque son opération est évidente.

Ainsi, le délire est passager dans le vertige : il est

continu pendant plus ou moins d'heures, de jours, de mois, dans l'extase, la catalepsie, la léthargie, la manie, etc., etc.; il est intermittent dans l'épilepsie, l'hystérie, l'hypocondrie, dans certaines fièvres, etc.; il est manifeste lorsqu'il présente toutes les apparences de l'extravagance: il est occulte dans les maniaques, lorsque l'Esprit malin qui les possède, se servant de leurs organes, les fait parler et agir avec toutes les apparences de la raison, et même quelquefois avec une raison, une force, une adresse et une éloquence supérieures et extraordinaires.

Et en effet, comme l'Esprit malin, qui produit tous les genres et toutes les espèces de délire, a toujours l'intention de tromper et de nuire, il change, il varie, il modifie ses opérations, comme Prothée, en une seconde, en un clin d'œil, avec toute la malice, l'intelligence et la puissance surnaturelle qu'il possède, et à la manière de l'âme, selon les circonstances et les personnes qui se présentent; car il a une connaissance parfaite de toutes choses, et même des pensées les plus secrètes et les plus intimes des hommes, comme l'ont expérimenté les exorcistes de toutes les religions, les magnétiseurs, les devins, les tourneurs de tables parlantes, les médecins les plus éclairés, et presque tous les obsédés et possédés; et, comme je l'ai observé moi-même pendant quarante ans que j'ai passés à diriger, consoler, servir, soigner et guérir les pauvres et trop malheureux aliénés; c'est pourquoi toutes les observations et appréciations des médecins et théologiens, sur les phénomènes qui se présentent chez les aliénés, sont fausses ou erronées, les Esprits de malice qui produisent ces phénomènes se faisant toujours un jeu de les tromper, et même quelquefois, de les envahir eux-mêmes, de les posséder complètement, les rendre complètement aliénés, ou les faire mourir dans des accès de fureur et de désespoir, comme cela est arrivé aux médecins Lauret,

Bessière et autres, comme cela arriva au père Lactance, au père Tranquille, au père Lucas, capucins, qui exorcisèrent les religieuses de Loudun, et au père Surin, ljésuite, qui resta possédé maniaque pendant plus de vingt ans.

XIII. Il est certain que les Esprits de malice répandus dans l'air savent tout, connaissent tout, et n'oublient jamais rien ; et c'est pour cette raison que les anciens philosophes, Platon, Plutarque et autres, les appelaient *Daimones*, c'est-à-dire, *connaisseurs, intelligents*. Il est encore certain que, s'ils font quelquefois semblant de se tromper, d'ignorer ou de craindre, c'est pour se moquer des exorcistes et des imprudents qui les consultent, ou pour les induire en erreur. Comme leur intention est constamment de tromper et de nuire, ils mentent ordinairement ; ils mêlent souvent le mensonge avec la vérité ; et s'ils disent quelquefois la vérité, c'est pour mieux tromper ; comme quand ils font quelque bien, c'est toujours pour en tirer un plus grand mal. Les exorcistes, les magnétiseurs, les tourneurs de tables parlantes en savent quelque chose ; et si ces Esprits malins, font quelquefois semblant de leur obéir, c'est pour jouer la comédie, se moquer d'eux, les halluciner et en faire des instruments pour commettre des crimes ou pour propager le fanatisme, la magie, l'athéisme, l'idolâtrie : ils trompent, ils aveuglent, ils hallucinent, ils mystifient également les idolâtres, les pécheurs, les athées, les sceptiques, les magnétiseurs, les prêtres, les exorcistes de toutes les religions et de tous les pays ; mais, c'est surtout par le délire et toutes ses variétés, accompagné de toutes sortes d'inspirations, de songes, d'hallucinations et de maladies incidentes et surnaturelles, de miracles et de contre-miracles, de prodiges et de contre-prodiges, que les Esprits de malice répandus dans l'air exercent leur rage contre les créatures humaines. Le délire des hydrophobes et des frénétiques en est encore la preuve.

XIV. Enfin, l'action et le pouvoir surhumains et surnaturels des Esprits de malice répandus dans l'air, se portent, relativement aux nombreuses variétés du délire, sur les personnes de tout sexe et de tout âge, sur les hommes et sur les femmes, sur les vieillards et sur les enfants, sur les savants comme sur les ignorants, sur les animaux, et même sur les corps inertes, comme on le voit par les tables mouvantes et parlantes, par la rotation des baguettes divinatoires, etc.; et certes, ce serait une erreur trop évidente et trop grave, d'attribuer à des lésions du cerveau, ou d'autres organes, les délires des obsédés et des possédés et de leurs nombreuses variétés, qui paraissent, disparaissent et reparaissent successivement, quelquefois même en un clin d'œil, et se reforment et se transforment de mille manières, puisqu'il serait radicalement impossible aux lésions matérielles d'occasionner, de précéder et de suivre toutes ces transformations et ces évolutions surnaturelles, si subites, si rapides et si imprévues ; et d'ailleurs, comment expliquer les intermittences plus ou moins longues, qui se présentent dans toutes les variétés du délire, sans causes naturelles ?

Aussi le docteur Bousquet, à la séance de l'Académie de médecine du 12 juin dernier (1855), s'adressant aux médecins aliénistes, qui soutenaient par divers systèmes la thèse du matérialisme sur ce sujet, leur a dit, dans un discours plein d'excellentes raisons : « Si vous n'êtes pas d'accord sur le papier, » comment le seriez-vous au lit des malades ? Aussi » arrive-t-il souvent que vous ne l'êtes pas, je le sais. » Votre embarras est d'autant plus grand, ajouta-t-il, » qu'on voit tous les jours les maladies mentales, se » *succéder, se mêler, se transformer*, de telle sorte » que, dans le cours de la même maladie, on observe

» facilement *toutes les formes, tous les degrés du dé-*
» *lire.* » (*Gazette des hôpitaux.*)

XV. Les intermittences plus ou moins longues qui se présentent dans tous les genres de délire, comme dans l'épilepsie, la catalepsie, l'extase, le somnambulisme, la manie, la mélancolie, la fièvre, etc., etc., ne sauraient s'expliquer d'une manière raisonnable par les causes matérielles. La seule explication qui soit fondée sur la raison et la vérité, est celle qui les attribue à l'action des Esprits malins, lesquels suspendent, modifient ou changent leurs opérations, suivant les circonstances qui se présentent et le but qu'ils se proposent ; et ce qui le prouve, c'est qu'il arrive quelquefois que l'Esprit malin, dans un accès d'épilepsie ou de somnambulisme, parlant par l'organe d'un épileptique ou d'un somnambule, le délire étant complet, prédit d'avance une attaque d'épilepsie, qui aura lieu à tel jour et à telle heure d'une époque éloignée, et certes, cela est facile au Démon, puisqu'il a le pouvoir de produire lui-même l'attaque annoncée, au jour et à l'heure qu'il a prédits.

XVI. Enfin, il est essentiel de connaître la nature des guérisons qui se présentent dans les affections délirantes. Il n'y a point de doute que ces maladies ou affections délirantes, ayant en elles quelque chose de divin, comme dit Hippocrate, ou pour mieux dire étant surnaturelles et diaboliques, on ne saurait attribuer aux remèdes naturels les rares guérisons qui se présentent à la suite de ces remèdes, parce que les remèdes naturels n'ont aucun rapport avec la cause surnaturelle qui produit ce genre d'affections et de maladies.

C'est pourquoi le divin Jésus, lorsqu'il donna à ses apôtres et à ses disciples la mission de guérir les malades, et de délivrer les possédés, ne prescrivit d'autres remèdes à employer que la foi (évangélique), la prière et le jeûne (évangéliques) ; et ces remèdes, les apôtres, les disciples et les véritables chrétiens des deux premiers siècles en usèrent avec efficacité, comme le témoignent Origène, Tertullien et autres. Mais le pouvoir de guérir les malades et de délivrer les possédés cessa dès que la fusion, l'alliance du vrai christianisme avec l'ancienne idolâtrie fut consommée sous le règne de Constantin.

Or, il faut savoir que les rares guérisons qui se présentent maintenant, dans ce genre d'affections et de maladies délirantes, sont ordinairement *fausses, ou intermittentes, ou fallacieuses*.

Les guérisons *fausses* sont celles où le délire persévère d'une manière occulte; les guérisons *intermittentes* sont celles qui n'ont qu'une certaine durée; les guérisons *fallacieuses* sont celles qui se manifestent après l'emploi des prières ou cérémonies idolâtriques ou magiques, des jeûnes ou pèlerinages superstitieux, ou des remèdes absurdes, barbares et atroces des médecins aliénistes.

Ces trois genres de guérisons viennent des Esprits malins, qui cachent, suspendent ou suppriment leur action morbifique, dans le but de maintenir et propager l'idolâtrie, les superstitions, l'athéisme, le matérialisme, et de faire tuer et empoisonner médicalement par les médecins grand nombre de malades et de possédés aliénés et autres.

Les véritables guérisons ne peuvent s'obtenir que par l'emploi des remèdes indiqués par le divin Jésus, lesquels, comme je l'ai dit, sont la foi évangélique, la prière et le jeûne évangéliques. Ce n'est que dans ce cas seulement que les guérisons qui se manifestent dans les maladies délirantes viennent assurément de Dieu.

XVII. Au surplus le délire, sous quelque forme qu'il se présente, n'est jamais incurable, par la raison que Dieu est tout-puissant et miséricordieux. En effet, on voit quelquefois des maniaques, des idiots, des crétins, réputés incurables, se trouver guéris subitement ou en peu de temps, après vingt ou trente ans de délire, et moi-même j'ai obtenu, de la bonté et de la miséricorde de Dieu, quelques semblables guérisons.

Les pères des aliénés et des épileptiques doivent imiter le père qui obtint du divin Jésus la guérison de son fils, possédé, tourmenté dès son enfance par un démon qui le rendait épileptique, idiot, crétin, sourd et muet (Voyez *Concorde des quatre évangélistes*, ch. LXVIII), et les mères doivent imiter cette pauvre mère chananéenne qui obtint aussi de Jésus, par ses instantes et persévérantes prières, la guérison de sa fille également possédée. Les proches parents, les amis des possédés aliénés ou épileptiques, les personnes vraiment chrétiennes et charitables doivent imiter aussi ces exemples salutaires.

XVIII. Ce qui rend les aliénations mentales, les épilepsies et toutes les maladies diaboliques stationnaires, c'est le défaut, l'absence des remèdes surnaturels qui ont rapport à ce genre de maladies, c'est-à-dire la Foi, l'Espérance, les prières, les jeûnes, la charité évangélique des proches parents, des amis, des personnes vraiment chrétiennes et charitables, seuls remèdes efficaces pour obtenir de véritables guérisons.

Mais ce qui rend plus particulièrement ces maladies stationnaires, ce qui tue en peu de temps les infortunés qui en sont atteints, ce qui les force à se suicider, ce sont les faux remèdes, absurdes, barbares et atroces que les médecins aliénistes et matérialistes leur font administrer par ruse, par force et par violence. C'est l'abandon des parents qui les confient à des mains étrangères ; c'est l'ennui, le chagrin, le désespoir que ces infortunés éprouvent lorsqu'ils se voient enfermés, détenus sans terme et sans limite, dans les prisons que l'on appelle, par charlatanisme, *asiles ou maisons de santé.* Ce sont les tortures effroyables, physiques et morales qu'on leur fait endurer dans ces affreuses prisons qui rendent leurs maladies stationnaires.

XIX. Enfin, il ne me reste plus que quelques mots à dire sur la mort des infortunés aliénés. Ordinairement, ceux qui sont bien dirigés et pour lesquels on prie Dieu et l'on invoque l'assistance des saints anges gardiens, recouvrent leur raison et leur libre arbitre quelques jours ou au moins quelques heures avant de mourir ; et leur mort est douce, résignée, édifiante , sainte , évangélique , et même parfois joyeuse. J'ignore comment meurent ceux qui sont mal dirigés et maltraités par les prêtres idolâtres et les médecins athées et matérialistes.

Depuis plus de quarante ans que je dirige et que je soigne de pauvres aliénés, je n'en ai vu aucun qui se soit suicidé, ou ait fait une mauvaise mort. La plupart, au contraire, de ceux que j'ai vus mourir ont rendu le dernier soupir, étant comblés de joie et de consolations, et plusieurs, en chantant des cantiques à la louange de Dieu ; et moi-même, en écrivant ces lignes, des larmes de joie et de reconnaissance envers Dieu, coulent de mes yeux, en rappelant dans ma mémoire les circonstances de ces morts saintes, évangéliques et miraculeuses. Enfin, d'après tout ce que j'ai vu et entendu, d'après les actes et les paroles du divin Jésus, je suis convaincu que les âmes des pauvres aliénés, qui ont tant souffert en ce monde, sont reçues, en le quittant, immédiatement dans le ciel, dans les bras du divin Jésus, et au milieu des saints anges pour toute l'éternité, quels que soient d'ailleurs, leur genre de mort et la religion qu'ils aient professée.

Mais je dois encore ajouter ici que, lorsque les pauvres et trop malheureux aliénés tombent en des mains peu charitables, qu'ils sont mal dirigés et maltraités, et meurent dans l'abandon, l'ennui, la tristesse et la souffrance, il peut arriver que le délire complet persévérant jusqu'à la mort, et pendant l'agonie, dans quelqu'un de ces infortunés, l'Esprit malin qui le possède, se servant alors de son organe, *profère des blasphémes et dise qu'il est damné,* pour tromper les personnes qui l'entendent, et contrister ensuite les parents et les amis, qui ignorent que c'est l'Esprit malin qui a parlé, et non le pauvre mourant aliéné. Dans ce cas, il faut s'empresser de détromper tous ceux qui ont entendu les paroles de désespoir et les blasphèmes de l'Esprit malin, et consoler les parents et les amis de l'aliéné décédé.

XX. Je termine ce travail, en mettant sous les yeux des lecteurs, deux accidents terribles que les Esprits de malice qui obsèdent et possèdent les aliénés ont le pouvoir de susciter dans les prisons qu'on appelle des asiles ou des maisons de santé. Les voici :

Il arrive quelquefois qu'un Esprit malin produit dans un aliéné la léthargie complète, avec insensibilité à toute espèce de douleur, et toutes les apparences intérieures et extérieures de la mort naturelle, pour tromper les médecins et tout le monde. L'état de léthargie persévérant, et les médecins trompés croyant l'aliéné mort, que font-ils? Ils brisent, à coups de hache, le crâne et la tête de l'aliéné léthargique, pour examiner, — d'ailleurs, très inutilement, — l'état de son cerveau, et le tuent par ce moyen affreux! ou autrement, ils le font enterrer vivant!... Et ces terribles accidents ne sont pas rares! Dieu veuille qu'on prenne des mesures pour en diminuer le nombre !

NOTES APPROBATIVES.

Jésus-Christ, dans l'Evangile (Math. XVIII), nous avertit de ne pas mépriser les enfants, parce que leurs anges voient sans cesse la face du Père Céleste. Les Juifs et les payens mêmes, ont cru que des anges étaient attachés à nos personnes et avaient soin de nous conduire et de nous protéger. Hésiode, le plus ancien, ou du moins l'un des plus anciens écrivains de la Grèce, dit : qu'il y a sur la terre de bons anges envoyés par Jupiter pour protéger les hommes et examiner le bien et le mal qu'ils font (Hésiod. op. l. 1.). Platon dit que chacun de nous a deux démons ou génies, l'un qui nous porte au bien et l'autre qui nous porte au mal (Plato. l. 10 De Legibus.).

« Je veux, dit Minutius Félix, monter à la source de l'erreur et découvrir l'abîme d'où sont sorties tant de ténèbres. Il y a des esprits malins et vagabonds qui ont gâté toute la beauté de leur naissance par les souillures du monde. Ces misérables, après avoir perdu les avantages de leur nature et s'être plongés dans les vices, tâchent, pour se consoler, d'y précipiter les autres : comme ils sont corrompus, il ne se plaisent qu'à corrompre, et, s'étant séparés de Dieu, ils ne peuvent souffrir que d'autres s'en rapprochent. Les poètes et les philosophes les appellent des *démons*. Ce sont ces démons *qui opèrent ce que les magiciens font d'admirable, qui donnent l'effi-cace à leurs enchantements, qui font qu'on voit ce qu'on ne voit pas et qu'on ne voit pas ce qu'on voit; enfin, toutes ces autres merveilles dont on parle.*

» Ces démons donc *inspirent les devins*, se tiennent dans les temples, se glissent quelquefois dans les entrailles des bêtes, gouvernent le vol des oiseaux, président au sort, rendent des oracles embrouillés de plusieurs mensonges. Ils cherchent toujours à tromper. Les *fous* (les *aliénés*) que vous voyez courir par les rues *sont agités* par ces damnables Esprits, et vos prophétesses mêmes, lorsqu'elles se *convulsionnent* et qu'elles se *roulent*.

» L'opération des démons est la même dans les uns et dans les autres, mais le but de leur fureur est différent. » (*Minutius Félix. liv. d'Octavius.*)

« Ce sont ces méchants démons, dit Plutarque, qui amènent la *peste*, la *guerre* et la *famine* : et si les épicuriens, ajoute-t-il, se courroucent et s'irritent lorsqu'on leur dit qu'il y a des démons qui ont leur vie et leur être, il ne faut pas s'en étonner, puisqu'ils ont bien l'audace et la folie de nier la Providence divine. » (*OEuvres de Plutarque.*)

Voici, maintenant, la hiérarchie des êtres adoptée par les philosophes modernes. 1º Dieu ; 2º les Anges ; 3º les Hommes ; 4º les Animaux ; 5º les Plantes ; 6º les Corps inertes. Les philosophes Bouddhistes divisent les êtres animés en six classes : 1re les Anges ; 2e les Démons ; 3e les Hommes ; 4e les Quadrupèdes ; 5e les Volatiles ; 6e les Reptiles. Cette dernière classe comprend les poissons, les mollusques et tous les animaux qui ne sont ni quadrupèdes, ni volatiles.

« Si quelqu'un était assez téméraire pour nier l'existence du Démon, dit le savant médecin Frédéric Hoffmann, il ne pourrait certainement mieux se convaincre de son erreur qu'en reconnaissant qu'il habite même en lui et y agit, comme dans les penchants déréglés et les actions des impies.

» Qui oserait nier que, dans chaque individu, il ne naisse, indépendamment de sa volonté, des pensées, des désirs, des inclinations dépravées, qui portent à pécher contre Dieu, en violant les lois qu'il nous a imposées ?

» Et certes, ce ne sera pas à Dieu, qui est la cause unique de tout bien et de toute lumière, la cause unique de la vie et du salut, que nous les attribuerons ; mais, au contraire, les secrets avertissements, les encouragements intérieurs qui nous portent au bien et nous persuadent d'éviter le mal, qui nous sollicitent à nous défier des suggestions perverses des malins Esprits, appartiennent à bien plus juste titre à cet Etre souverainement bon.

3.

» Expliquons ce qui précède d'une manière plus claire, continue ce savant et célèbre médecin. Dieu créa l'homme bon, lui donnant une intelligence qui, semblable à une lumière brillante et pure, lui servait à distinguer le bien et le mal, le pourvoyant en même temps d'une volonté libre pour choisir le premier et fuir le second.

» Maintenant si nous cherchons, dans le souvenir des antiques catastrophes du genre humain, qui put produire dans l'homme une métamorphose si déplorable, que son intelligence, si pure à son origine, ne paraît plus aujourd'hui qu'un monstrueux chaos où se confondent les ténèbres et l'erreur ;... et qui oserait faire à Dieu cette injure, que de les lui attribuer ?

» La révélation nous apprendra que le Démon fut l'unique cause de cette corruption et de toutes ces misères, et que tous les maux de cette vie découlent de lui seul comme d'une source féconde.

» Hélas! nous ne voyons que trop par ce mémorable exemple, jusqu'où s'étend le pouvoir du Démon dans l'homme ; et il n'y a aucun doute à former, que les impies ne soient dirigés par sa perpétuelle influence, et que les fidèles eux-mêmes n'en éprouvent de fréquentes inquiétudes. » (*Dissertation physico-médicale sur la puissance du Démon dans les corps de la nature, par Fédéric Hoffmann, conseiller intime du roi de Prusse, professeur de médecine à l'académie de Halens et membre de plusieurs autres académies.*)

Des différents noms donnés au Démon.

« Cette multitude de noms sous lesquels la sainte Ecriture désigne le Diable, dit encore Frédéric Hoffmann, montre assez qu'il est l'origine et la source de tous les maux qui affligent l'univers et l'homme en particulier. Dans Job, il est appelé alternativement *Béhémoth* et *Leviathan*, c'est-à-dire, dont *la vertu malfaisante réside dans les flancs, qui a toute sa force dans l'ombilic; parce que c'est surtout par les plaisirs de la chair, qui ont leur siége dans les lombes et l'ombilic, qu'il tente plus fréquemment le genre humain.*

» On voit aussi dans le même livre que cet Esprit jouit d'un pouvoir si étendu sur la création, et qu'il est tellement ami du mal et de la destruction, qu'il aurait bientôt anéanti l'espèce humaine, si Dieu ne mettait un frein à sa fureur.

» Dans Tobie, il est désigné sous le nom d'*Asmodée*, c'est-à-dire, *esprit de ténèbres, destructeur, source de péché*; dans le Nouveau-Testament, par le mot syriaque *Mammon*, c'est-à-dire *désir effréné des richesses*. Les Grecs le nomment *Diable*, qui signifie *calomniateur*, ou *Cacodœnson*, c'est-à-dire, *qui possède la science du mal*. Les Hébreux lui donnent le nom de *Satan*, qui signifie *ennemi, être inaccessible au bien et sans cesse occupé à nuire à tout le genre humain*; dans l'Apocalypse, il est désigné en hébreu sous le nom *Abbadon*, c'est-à-dire *qui entraîne les hommes à leur perte*; enfin, çà et là, dans l'Ancien et le Nouveau-Testament, il est qualifié *de menteur, d'imposteur, d'Esprit immonde, d'Esprit de fornication*; et tantôt c'est *un lion furieux qui s'élance sur nous pour nous dévorer*; plus loin, c'est *un dragon rusé qui nous tend de secrètes embûches*; ou bien *un vieux serpent qui cache longtemps ses pièges et son venin*. Ici, c'est *un Esprit de fureur et de rage*; là *un Esprit impur dont le monde a fait son prince et son Dieu*. Plus loin il est couronné *roi des superbes* et signalé comme *séducteur de l'univers*.

» Comme on le voit par ce qui précède, Dieu nous fait connaître par cette multitude de noms sous lesquels il désigne le malin Esprit dans les Ecritures, et qui tous rappellent un des traits qui le caractérisent, quelle est cette puissance effrayante dont il jouit sur la partie la plus noble de l'homme, je veux dire son âme, qu'il anéantirait entièrement, si Dieu, qui le surpasse infiniment en puissance, n'y mettait une barrière insurmontable. » (*Ibidem.*)

Le théologien Bergier dit, dans son dictionnaire théologique :

« L'opinion des Juifs, qui attribuait au Démon les maladies extraordinaires et terribles, comme *l'épilepsie, la catalepsie, la frénésie, les convulsions des lunatiques,* etc.. était fondée. Loin de là combattre, Jésus-Christ l'a plutôt confirmée, en commandant aux démons de sortir des corps, en leur permettant de s'emparer d'un troupeau de pourceaux, en donnant à ses disciples le pouvoir de les chasser, en attribuant à ces Esprits impurs des discours et des actions qui ne pouvaient pas convenir à des hommes. Si cette persuasion des Juifs avait été une erreur, Jésus-Christ, sagesse éternelle, envoyé pour instruire les hommes, n'aurait pas voulu les y entretenir. »

Le médecin Frédéric Hoffmann, après avoir parlé du pouvoir que les démons ont sur l'âme et sur le corps de l'homme, et émis son opinion sur la manière dont les démons exercent ce pouvoir, lorsque Dieu le leur permet ou le leur commande, se fait cette question : « Le Démon peut-il susciter des maladies dans le corps humain? Il ne faut pas douter, dit-il, qu'il n'ait ce pouvoir, surtout pour les maladies qui tiennent à l'esprit; car la puissance qu'il a sur ces fluides, que nous nommons impondérables, s'étend certainement à ceux qui circulent dans notre corps et que nous nommons esprits animaux, et qui, de l'avis des médecins les plus expérimentés, sont les agents des mouvements volontaires et des sensations. C'est pourquoi toutes les maladies diaboliques ont leur principaux diagnostics dans les sensations et mouvements volontaires. Tantôt ce sont des convulsions horribles accompagnées de fureur; souvent des élancements de tout le corps où le malade déploie une force inimaginable, et plus souvent encore ce sont des mouvements convulsifs, des spasmes, des douleurs aiguës dans toute l'habitude du corps, autant de symptômes qui démontrent jusqu'à l'évidence que le siège de ces maladies est dans les fluides subtils dont la circulation partout le corps est le principe de la vie.

« Nous ajouterons à ces observations l'autorité de l'Esprit-Saint, qui déclare *la fureur, la mélancolie, l'épilepsie et diverses autres affections de tout le corps,* comme des maladies purement diaboliques. Nous voyons aussi dans les mêmes Saintes-Écritures, par les exemples qu'elles rapportent, où le Démon, par le seul effet de sa puissance, a frappé les hommes de *mutisme,* de *surdité,* de *paralysie ;* qu'il a le pouvoir, non-seulement de précipiter l'action des esprits animaux, mais aussi de l'arrêter à son gré. »

Enfin, après avoir émis encore son opinion sur les moyens par lesquels les démons répandus dans l'air peuvent susciter et exciter des ébranlements considérables dans l'atmosphère, et envoyer la foudre, les pluies, la grêle et les autres fléaux de ce genre, Frédéric Hoffmann ajoute : « Je ne crois point absurde de dire que les changements extraordinaires de température, les désordres que l'on remarque quelquefois dans les saisons qui apportent la mort aux plantes et aux animaux, et désolent les hommes par des maladies contagieuses attribuées, tantôt à la maligne influence des astres, tantôt au souffle de quelque vent pernicieux, n'ont le plus souvent d'autre cause que la malice des démons.

» Mais, dira-t-on, le Démon qui est un pur esprit, ne saurait être considéré comme un agent mécanique. Nous en conviendrons volontiers, mais pourquoi n'opérerait-il pas des effets mécaniques, en tant que cause morale, à la façon de l'âme dans le corps humain ?

» Les plus savants médecins se sont fatigués vainement à chercher quelle pouvait être l'origine de la peste, ainsi que la cause de sa durée dans certains pays. Pour moi, je ne crois pas que l'on doive taxer d'erreur ceux qui en attribueraient la cause première au Démon, en vertu du pouvoir qu'il a sur l'atmosphère ; enfin, si l'âme, qui n'est qu'une cause morale, peut, par l'effet seul de la pensée, agir sur l'imagination de manière à nuire notablement au corps, je ne vois pas pourquoi le Démon, avec la permission de Dieu, n'aurait pas le même pouvoir...

» En un mot, ajoute-t-il encore, partout où le mal arrive dans la nature, le Démon y prend occasion d'agir ; il y applique toutes ses forces, s'en saisit volontairement comme ami de sa nature et déploie à son aide toute l'étendue de sa malignité.

» Cette observation est importante, non-seulement pour le médecin, mais encore pour le théologien. » (*Dissert. phys. médicale*).

Un grand nombre de médecins anciens et modernes de tous les pays de l'univers ont partagé et professé les mêmes opinions, fondées sur l'observation et l'expérience de tous les siècles.

Erreurs et divagations des médecins aliénistes et matérialistes.

Les médecins aliénistes et matérialistes de ces derniers jours qui ont traité de la folie et du délire sont tombés dans des abîmes de ténèbres et dans des tours de Babel, qui ont provoqué plusieurs fois devant les tribunaux les rires du public et les sarcasmes des avocats. En voici encore une preuve, voici les paroles de l'avocat Crémieux, plaidant pour M. Regnault, à l'audience solennelle du 6 janvier 1856, devant la Cour impériale de Paris, présidence de M. Delangle, premier président (1re et 3e chambres réunies).

« Maintenant je quitte le *Moniteur des hôpitaux*, dit cet avocat, et je prends l'*Union médicale* (no du 22 septembre 1855), et vous allez voir le tohu-bohu le plus grand et où Dieu seul puisse faire entrer la lumière. C'est une lettre écrite sur la folie, et dans laquelle le rédacteur de cette lettre passe en revue les diverses définitions qu'on en a données.

Voici d'abord celle d'Esquirol : « La folie, dit-il, l'aliénation mentale est une affection cérébrale ordinairement chronique, sans fièvre, caractérisée par des désordres de la sensibilité, de l'intelligence, de la volonté. » C'est peut-être la moins mauvaise, quoique à vrai dire, elle laisse beaucoup à désirer.

Permettez-moi de placer à côté de la définition d'Esquirol, celle de Broussais, l'illustre inventeur du système de l'irritation et de la doctrine physiologique : « La folie est, pour le médecin, la cessation durable du mode d'action du cerveau, qui, dans l'état normal, est le régulateur de la conduite des hommes, et auquel tient cette faculté que l'on appelle la raison. » Que dites-vous, mon cher monsieur, de ce mode d'action du cerveau, dont la cessation donne la folie, dont l'état normal est le régulateur de la conduite des hommes? Et ce mode d'action quel est-il? A quel signe le reconnaît-on? Par quel mécanisme produit-il cette faculté qu'on appelle la raison? O aveuglement de l'esprit de système, jusqu'où peux-tu faire descendre les plus puissantes intelligences !

Dans son *Traité du délire*, Fodéré définit ainsi la folie : « Un état dans lequel la raison est éclipsée par un dérangement quelconque, direct ou indirect, de la substance intermédiaire qui sert aux relations entre l'intelligence et les organes corporels. » Quelle est donc cette substance intermédiaire qui sert aux relations de l'intelligence avec les organes corporels?

Selon M. Foville : « Ce qui caractérise essentiellement

l'aliénation mentale, c'est le trouble des facultés intellectuelles, compliqué ou non, de celui des sensations et des
mouvements, sans altération profonde et durable des
fonctions organiques. »

Mais j'ai hâte d'arriver à une époque plus récente, à
celle dont M. Baillarger et M. Ferrus se montrent si sa-
tisfaits. Et puisque le nom de M. Baillarger se trouve
sous ma plume, voyons un peu sa définition, ou plutôt
ses définitions de la folie : car vous en trouverez deux au
lieu d'une dans la leçon d'ouverture de son cours de
1854.

« J'ai lu récemment, dit-il, dans la relation d'un
voyageur dont l'auteur ne croyait peut-être pas définir la
folie par son caractère pathognomonique le plus profond,
que la folie est une infortune qui s'ignore elle-même. Rien
n'est plus vrai, et c'est là, à mon avis, une très bonne
définition ; la science peut l'adopter au mot près d'infortune qui n'est pas très médical, mais que vous rempla-
cerez facilement par un autre mieux approprié. »

Cette définition, toute excellente qu'elle paraisse à
M. Baillarger, ne le satisfait pas encore complètement.
D'ailleurs, elle n'est pas de lui, et il tient sans doute,
comme tant d'autres, à nous donner la sienne. Je la trouve
deux pages plus loin. « La folie est la privation du libre
arbitre, par suite d'un désordre de l'entendement. »

Elle est courte, précise, substantielle, comme doit l'ê-
tre toute définition. Aussi vais-je peut-être vous paraître
bien difficile, si je vous avoue que celle-ci ne me satisfait
guère mieux que les premières. Je ne ferai à M. Baillarger qu'une seule objection, qui s'applique à toutes les
deux en même temps. Range-t-il donc parmi les fous les
individus en état d'ivresse, ceux qui délirent sous l'influence de la belladone, du haschich, du datura, ceux
qui sont en proie au délire fébrile, etc., etc. ?

M. Guislain, le savant médecin de l'asile des aliénés
de Gand, définit la folie ou plutôt la phrénopathie : « Un
dérangement des facultés mentales, morbide, apyrétique,
chronique, qui ôte à l'homme le pouvoir de penser et
d'agir librement dans le sens de son bonheur, de sa con-
servation et de sa responsabilité. » Cette définition man-
que de précision et de clarté ; mais à tout prendre elle
n'est ni meilleure, ni plus mauvaise que les autres.

Que dire de plus de celle de M. Morel, médecin en chef des aliénés de Maréville? « La folie est une affection cérébrale idiopathique ou symptômatique, enlevant à l'individu lésé à la fois dans ses fonctions physiologiques et psychologiques l'exercice de sa liberté morale, et constitue dès lors chez lui une dépravation maladive dans ses actes, ses tendances et ses sentiments, ainsi qu'un trouble général ou partiel dans ses idées. » De celle de M. Falret, disant (*Dictionnaire des études médicales pratiques*) : « Ses phénomènes essentiels s'observent dans les principales fonctions du système nerveux, l'intelligence, la sensibilité et les mouvements volontaires, et cette maladie est surtout caractéristique par le désordre prolongé et sans fièvre des facultés intellectuelles et morales. » Ou enfin celle de M. Moreau (de Tours), qui a soulevé la dernière discussion académique : « La folie est le rêve de l'homme éveillé. »

Puis voici venir trois Allemands des plus huppés en médecine. Ecoutez ce qu'ils vont dire :

Selon Henk : « La folie est cet état de la conscience qui ne permet pas de distinguer le subjectif de l'objectif, les sentiments intérieurs des impressions du monde extérieur. »

« Walter reconnaît une maladie psychique, lorsque l'une des trois principales facultés de l'intelligence humaine devient si prépondérante, que l'indifférence est détruite. »

« Enfin, d'après Grooz, les maladies mentales sont celles qui résultent du concours malheureux d'une négation psychique et d'une affirmation corporelle. »

Il est certain que de pareilles définitions ne prouvent pas la science, mais au contraire l'aberration de l'esprit humain.

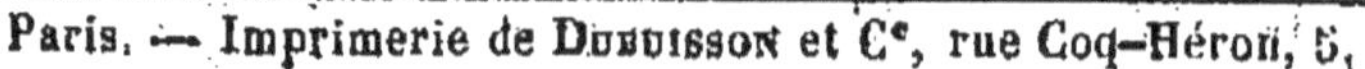

AUTRES OUVRAGES DU MÊME AUTEUR :

De la Folie et du Délire. 1 vol. in-12. Prix : 1 fr.

L'Art d'administrer les remèdes et de soigner les malades, ou le nouveau Guide des gardes-malades, des infirmiers et infirmières. 1 vol. in-18, avec 4 fig. Prix : 1 fr. 50

Le Choléra. Sa nature et sa véritable cause. Moyens de le prévenir et de le guérir. 1 vol. in-18. Prix : 25 c.

Paris. — Imprimerie de Dubuisson et Cᵉ, rue Coq-Héron, 5.